# DER HERR DER RINGE™

## DIE RÜCKKEHR DES KÖNIGS

# DER HERR DER RINGE™

## DIE RÜCKKEHR DES KÖNIGS

DAS OFFIZIELLE BEGLEITBUCH

FIGUREN, LANDSCHAFTEN
UND ORTE MITTELERDES

KLETT-COTTA

the Black Gates
udûn
plateau of
Gorgoroth
M O R D
Sea of
Nurne
N U R N

# DIE GROSSE AUFGABE

Eine Gruppe von neun Gefährten brach von der elbischen Zuflucht Bruchtal auf, betraut mit einer harten und gefährlichen Aufgabe: den Einen Ring – ein Kunstwerk von großer Macht – durch Mittelerde zu befördern und ihn in den Feuern des Schicksalsbergs zu vernichten, bevor er in die Gewalt des Dunklen Herrschers Sauron geraten konnte. Käme dieser in den Besitz des letzten und gewaltigsten der Ringe der Macht, würde sich seine Herrschaft über die ganze Welt ausbreiten, und sein Schatten fiele über alle Freien Völker Mittelerdes. Grausame Heere sind bereits in ehemals friedliche Gebiete eingedrungen, haben die Lande verwüstet und alles getötet, was ihnen in die Quere kam.

Auf ihrer Reise kamen zwei Gefährten ums Leben: Boromir, der Sohn des Statthalters von Gondor, und Gandalf der Graue, ein Istari-Zauberer. Zwei andere Gefährten, die Hobbits Merry und Pippin, wurden von Uruk-hai-Kriegern entführt und zur Festung des Zauberers Saruman in Isengard geschafft. Die übrigen Gefährten teilten sich in zwei Gruppen: Die Hobbits Frodo Beutlin und Samweis Gamdschie, von der zwiespältigen Kreatur Gollum belauert, setzen die Reise fort, um den Ring zu zerstören, während Aragorn, Erbe der Königreiche der Menschen, sowie Legolas, Sohn des Königs Thranduil der Düsterwald-Elben, und der Zwerg Gimli, Sohn von Glóin, sich aufmachen, um die entführten Hobbits zu befreien.

Als sie die felsigen Gipfel der Emyn Muil überqueren, nehmen Frodo und Sam Gollum gefangen und schließen mit ihm einen Pakt: Er soll sie nach Mordor führen, und sie lassen ihn ungeschoren. Aber Gollum verlangt es immer noch nach dem Ring, der einst in seinem Besitz war, denn der Ring verdirbt alle, die ihn

tragen: sogar Frodo ist gegen seine verführerische Macht nicht immun. Gollum ist das Opfer eines furchtbaren inneren Kampfes: Soll er, weil er früher Sméagol war, Frodo treu dienen oder sich dem Bösen überlassen?

In den schönen Landen von Ithilien, die zwischen den Schattenbergen und dem Anduin liegen, werden Frodo und Sam von Waldläufern aufgegriffen, die von Faramir angeführt werden, dem Bruder Boromirs und Sohn Denethors von Gondor. Wie sein Bruder betrachtet er den Ring als ein nützliches Werkzeug: als eine Waffe, die den Menschen vielleicht jenen Vorteil gegen den Feind verschafft, nach dem sie verzweifelt verlangen; er nimmt die Hobbits gefangen, mit der Absicht, sie seinem Vater auszuliefern und so dessen heißersehnte Anerkennung zu erlangen. Doch bei der Attacke in der zerstörten Stadt Osgiliath und bewegt von Frodos standhaftem Treueschwur als Ringträger, gibt er nach und erlaubt den Hobbits, ihre Reise fortzusetzen. Sie sind jetzt nahe bei Mordor und müssen nur noch die Schattenberge überqueren. Gollum behauptet, einen geheimen Weg zur anderen Seite zu kennen. Es ist unwahrscheinlich, daß man ihm trauen kann, doch sie haben keine andere Wahl, als ihn beim Wort zu nehmen und ihm zu folgen.

Aragorn, Legolas und Gimli verfolgen zu Fuß die Isengard-Orks über die Ebene von Rohan, doch sie stoßen lediglich auf einen Scheiterhaufen mit brennenden Leichen von Uruk-hai und auf die Reiterschar, welche sie getötet hat, ein Trupp, angeführt von Éomer, dem Neffen des Königs von Rohan. Von Merry und Pippin keine Spur, aber am Rand des Fangorn entdeckt Aragorn Hinweise, die darauf schließen lassen, daß die beiden der Bande entkommen sind, und daher dringen sie in das alte Waldland ein. Im Innern dieses unheimlichen Orts stoßen sie nicht auf Merry und Pippin, sondern auf eine leuchtende weiße Gestalt: Gandalf den Grauen mochte es nicht mehr geben, doch nachdem er das Balrog, das ihn von der Brücke von Khazad-dûm stürzte, schließlich besiegt hatte, kehrte er verwandelt zurück. Jetzt ist er Gandalf der Weiße, und er ist mächtiger als je zuvor.

Merry und Pippin waren ihren Entführern tatsächlich entkommen und in die Sicherheit des Waldes geschlüpft, wo sie allerdings eine scheinbar weit größere Gefahr erwartet: ein riesiges, baumgleiches Wesen, das über ihnen aufragt und

sie mit seinen hölzernen Händen packt. Das ist Baumbart der Ent, ein Hirte der gefährdeten Bäume von Fangorn und eines der ältesten Geschöpfe Mittelerdes. Die Ents mißtrauen Fremden in diesem Teil der Welt, und Baumbart ist noch niemals einem Wesen wie einem Hobbit begegnet.

Währenddessen machen Sarumans Kriegsanstrengungen im Namen des Dunklen Herrschers rasche Fortschritte. Nachdem er die besitzlosen Dunländer und die Wilden Menschen zu rasender Rachsucht angestachelt hat, hat er sie zusammen mit großen Horden von Uruk-hai-Kriegern ausgeschickt, ist das letzte Königreich der Menschen, Gondor, auf Gedeih und Verderb dem Schatten ausgeliefert. Aber Saruman verläßt sich nicht einzig und allein auf die Verwüstungen seiner buntscheckigen Armee, um das Königreich der Pferde-Herren zu unterwerfen, denn direkt im Herzen Rohans hat er einen Spion plaziert. In der Goldenen Halle Meduseld in Edoras, der Hauptstadt Rohans, sitzt Gríma Schlangenzunge zur Rechten von König Théoden, flüstert ihm giftige Worte ins Ohr und geht sogar so weit, die Verbannung des getreuen Éomer zu verlangen. Théoden, vorzeitig gealtert – der Geist ist durch Hexerei verwirrt –, ist nicht mehr der heldenhafte Führer, den sein Volk in der Stunde der Not braucht, und nach Éomers Verbannung liegt Rohan schutzlos da.

Da sie Merry und Pippin bei den Ents wissen, ziehen Gandalf, Aragorn, Legolas und Gimli zum Hof von Edoras, Gandalf befreit König Théoden von Sarumans verderblichem Einfluß und wirft Gríma Schlangenzunge hinaus, der zu seinem Herrn zurückkriechen kann. Als der Bann aufgehoben ist, fallen die Jahre und die Senilität vom König ab, bis er schließlich wieder er selbst ist, im Vollbesitz seiner Geisteskräfte und seiner Stärke. Das Ausmaß seiner Aufgabe wird ihm bewußt: Er muß sein Volk vor der Niederlage und dem Untergang bewahren. Alle können jetzt nur noch darauf hoffen, sich in die Sicherheit von Helms Klamm zurückzuziehen, in die gewaltige Festung, die der Held der Vorzeit, Helm Hammerhand,

geschaffen hat. Während Gandalf nach Éomer und den ihm treu gebliebenen Männern sucht, müssen die Flüchtlinge aus Rohan von Aragorn über Moor und Berg, Ebene und Weide geführt werden, wo sie den Angriffen von Orks und Wargs ausgesetzt sind. Doch es droht eine noch größere Gefahr: Ein riesiges Heer von Uruk-hai ist auf dem Marsch von Isengard, und die Verteidiger von Helms Klamm sind zahlenmäßig hoffnungslos unterlegen, wenn sich keine anderen Bundesgenossen finden lassen.



Die Tage der Elben in Mittelerde sind gezählt. Ihre Zahl ist geschrumpft, ihre Macht schwindet. Die meisten haben die Küsten dieser Welt bereits verlassen, um jenseits des Meeres in den Unsterblichen Landen ein ewiges, seliges Leben zu führen. Ihr letzter Bund mit den Menschen endete in einer Katastrophe – dem sinnlosen Tod so vieler ihres Volkes. Die Schwäche und Habgier Isildurs verrieten den schnellen Sieg über Sauron, denn anstatt den Einen Ring zu vernichten, als er die Gelegenheit dazu hatte, beschloß Isildur, ihn für sich zu behalten.

Dieser Entschluß hat zu Zerstörung und Verzweiflung geführt: Es überrascht nicht, daß die Elben zögern, den Menschen noch einmal zu Hilfe zu kommen. Zudem verliert ein Elb, wenn er sein Leben einbüßt, sein ewiges Leben – um der Menschen willen so etwas zu riskieren würde in der Tat ein großes Opfer bedeuten.

Auch Arwen, Elronds Tochter, wird dieses Opfer bringen müssen, wenn sie in Mittelerde bleiben und Aragorn heiraten will. Eine solche Entscheidung erfordert höchsten Mut und feste Überzeugung und einen unerschütterlichen Glauben an die Zukunft der Welt.

Doch auf Anweisung des Herrn Elrond bringt Haldir von Lórien eine Schar elbischer Bogenschützen herbei, um die Verteidiger von Helms Klamm zu unterstützen. Wieder kämpfen Elben und Menschen Seite an Seite gegen einen gemeinsamen Feind und sehen dem fast sicheren Tod ins Auge. Es ist eine große Geste, und sie hält die unerbittliche Flut eine Zeitlang im Schach. Aber Haldir fällt in der Schlacht, und die Uruk-hai rücken weiter vor. Alles scheint verloren, ungeachtet des Heldenmuts der Verteidiger. Aber als der fünfte Tag anbricht, erklimmen Gandalf der Weiße und die Rohirrim die Bergspitze oberhalb von Helms Klamm und stürmen durch das Geröll ungestüm in die Flanken des Uruk-hai-Heeres. Endlich wendet sich das Blatt, und die Armee der Orks wird zerschlagen. Die Männer erwartet noch manche Schlacht in Mittelerde: Helms Klamm ist ein großer Sieg gewesen, aber der Ringkrieg hat

gerade erst begonnen, und es sind noch viele weitere Schlachten an vielen Fronten zu schlagen.

Anderswo sind die Kräfte des Lichts am Werk, als die Ents endlich zum Zorn auf Saruman angestachelt werden, der so viele von ihnen vernichtet hat. Sie marschieren nach Isengard und nehmen Rache, durchstechen den Damm, um die Gruben und Schmieden rund um den Orthanc zu fluten, und mit der zähen, unaufhaltsamen Kraft von Wurzel und Zweig zersetzen sie das Werk des Weißen Zauberers.

Aber als der Ringträger Frodo Beutlin und sein treuer Gefährte Sam Gamdschie immer tiefer in das Land des Schattens eindringen, wird der Ring zu einer immer schwereren Bürde, er zieht ihn hinab, zehrt ihn aus durch das Gewicht seiner Bosheit und seinen Willen, zu seinem dunklen Meister zurückzukehren, dessen Gegenwart mit jedem Schritt schrecklicher und spürbarer wird.

Als sie sich ihrem Ziel nähern, werden Haß und das Mißtrauen zwischen Gollum und Samweis Gamdschie noch größer. Am Ende sind es weder Orks noch Nazgûl, ist es nicht einmal Sauron selbst, die den Erfolg der Reise bedrohen, sondern der Kampf in der Seele der Kreatur, die einst Sméagol hieß …

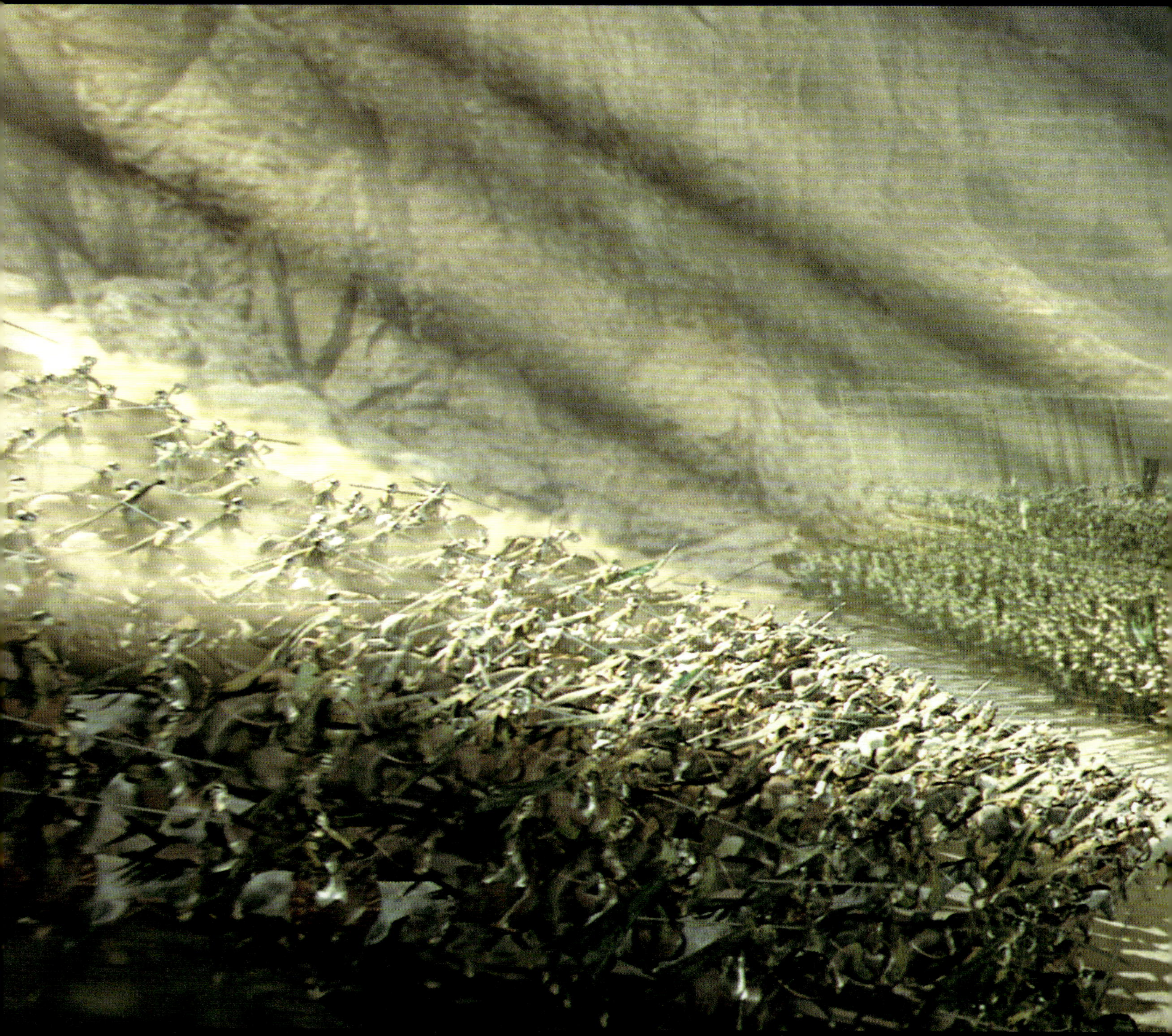

# DAS KÖNIGREICH GONDOR

Im Süden und Osten vom Königreich Rohan und Mordor am nächsten liegt Gondor, das große Königreich der Menschen, das im Zweiten Zeitalter Mittelerdes von Elendil begründet wurde. In früheren Tagen zählten Osgiliath, Minas Tirith und Minas Ithil zu seinen Hauptstädten, dazu die Häfen Dol Amroth und Pelargir; aber Minas Ithil ging an die Nazgûl verloren und ist jetzt als Minas Morgul bekannt, und Osgiliath ist kaum mehr als ein Vorposten des Krieges. Im Lauf von Jahrtausenden haben Krieg und Seuchen die Macht und die Bevölkerung von Gondor vermindert, und nachdem Elendils Linie ausgestorben war, gab es keinen König mehr. Gondor ist nicht länger das mächtige und ruhmreiche Reich.

*„Mordor: diese Stadt lag seit jeher unter diesem Schatten."*

Wo die Weißen Berge in den großen Berggipfel Mindolluin auslaufen, liegt Minas Tirith, die Stadt der Könige. Es ist eine große, anmutige Stadt, in sieben Stufen aus weißem Stein erbaut, die in den Berg gehauen waren, so daß sie weniger wie eine Schöpfung von Menschenhand aussieht, sondern als hätten Riesen sie aus dem Leib der Erde herausgemeißelt. Jede Stufe ist von einer Mauer und einer Brustwehr umgeben, jede Mauer an verschiedenen Punkten mit einem Tor versehen, so daß die gepflasterte Straße, die zur siebten Stufe hinaufklettert, zickzackartig zum höchsten Punkt aufsteigt. Die oberste Stufe liegt mehr als siebenhundert Fuß über dem großen Außentor, das sich in der ersten Stufe befindet, und der Blick nach unten ist schwindelerregend.

Ganz oben liegt die Zitadelle, die den Hof umschließt, den Platz des Springbrunnens und den Weißen Turm von Ecthelion, wo das weiße Banner der Statthalter tausend Fuß über der Ebene weht.

Minas Tirith ist eine machtvolle Festung, die uneinnehmbar scheint, denn es gibt keinen Zugang zur Stadt, außer durch das Große Tor von Gondor an ihrem Fuß, das streng bewacht ist.

Hinter ihr erhebt sich steil der Mindolluin, dessen untere Bereiche durch Brustwehren geschützt werden bis hinauf zur unersteigbaren Klippe. Die Mauern der Stadt sind hoch und gewaltig dick, und weder Stahl noch Feuer können ihnen etwas anhaben; die Brustwehren bieten Bogenschützen Deckung: Es ist die gewaltigste Festung in ganz Mittelerde.



*„Vor den Mauern Minas Tiriths wird sich das Schicksal unserer Zeit entscheiden!"*

# DIE WÄCHTER DER ZITADELLE

*Hohe Schiffe, hohe Herrscher,*
*Drei mal drei,*
*Was brachten sie aus versunkenem Land*
*Über das flutende Meer?*
*Sieben Sterne und sieben Steine*
*Und einen weißen Baum.*



Die Wächter der Zitadelle sind schwarz gekleidet, ihre schimmernden Silberhelme sind groß, hochgekrönt und aus Mithril gefertigt, dem schönsten kostbarsten Metall, von den Zwergen aus dem Berg geholt. Es ist so leicht und hart, daß es wie Kupfer gehämmert und wie Glas poliert werden kann, und sein Glanz verblaßt nie. Diese wundervollen Helme haben lange Wangenschützer, die dem Gesicht eng anliegen und von weißen Seevögelschwingen gekrönt werden, zur Erinnerung an die alten Zeiten, als Elendil und die Vorfahren der Menschen von Númenor, dem westlichsten aller sterblichen Lande, nach Mittelerde segelten. Die schwarzen Wappenröcke der Wachen sind weiß bestickt und zeigen einen blühenden Baum unter einer silbernen Krone und sieben Sternen. Das ist die Tracht aller Erben Elendils und wird in Mittelerde inzwischen nur noch von den Wächtern der Zitadelle getragen. Die sieben Sterne stellen die Sterne auf den Segeln der Schiffe dar, welche die sieben sehenden Steine trugen, die Elendil und seine Mannen aus Númenor mitbrachten.

## DER WEISSE BAUM

Isildur, Sohn Elendils, der seinen Vater im Kampf gegen Sauron auf dem Schlachtfeld sterben sah und den Einen Ring von des Dunklen Herrschers Hand schnitt, pflanzte zur Erinnerung an seinen Bruder Anárion einen Schößling aus den Samen, die aus seiner Heimat Númenor stammten. Aber später welkte der Baum und starb ab, so daß der weißgepflasterte Hof vor dem hübschen Springbrunnen jetzt einen traurigen Anblick bietet; schwarz, zerborsten und verdorrt – ein passendes Symbol für das herrscherlose Reich Gondor in seinem jämmerlichen Niedergang.

# DIE STATTHALTER DER KÖNIGE

Als die Linie der Könige ausstarb, wurden die Statthalter die offiziellen Herrscher in Gondor und gaben den Titel viele Jahrhunderte lang vom Vater an den Sohn weiter. Obgleich es ihre Aufgabe war, die Aufsicht über das Königtum zu führen, bis der rechtmäßige König den Thron erneut beanspruchen würde, ist inzwischen eine so lange Zeit vergangen, daß niemand mehr daran glauben wollte, daß ein König zurückkehren werde, so daß die Statthalter immer hochmütiger wurden und sich wie Köngie aufführten

Trotzdem sitzen die Statthalter nie auf dem alten Thron Gondors, sondern auf einem schlichten schwarzen Steinsessel zu seinen Füßen in der frösteligen, hochgewölbten großen Halle von Minas Tirith. Sie tragen keine Krone oder Amtsgewänder und haben als Zeichen ihrer Herrschaft kein Szepter, sondern bloß einen einfachen weißen Stab, und ihr Banner – das oben auf dem Turm Ecthelions weht – ist schlicht weiß, wogegen das königliche Banner das Bild eines weißen Baumes, von sieben Sternen überwölbt, auf schwarzem Grund zeigt.

*„In Gondor regiere ich und niemand anderes!“*

Der augenblickliche Statthalter von Gondor ist Denethor, Sohn Ecthelions, Vater von Boromir und Faramir. Er ist mittlerweile ein alter Mann, und Zeit und Gram haben sich tief in sein stolzes Gesicht gegraben. Denethor hat sich zu viel Wissen über die Welt angeeignet – in der großen Bibliothek von Minas Tirith und durch Blicke in den verbliebenen sehenden Stein im Weißen Turm. Darum weiß er mehr als jeder andere, Gandalf ausgenommen, um das Grauen, das ihnen bei einem Krieg bevorsteht; aber ein solches Wissen zu besitzen, birgt die Gefahr, daß man sich der Verzweiflung überläßt.

*„Boromir war mir treu ergeben und kein Zauberlehrling!“*

Die Nachricht vom Tod seines ältesten Sohnes Boromir hat seinen edlen Geist um den gesunden Verstand gebracht. In seinem Kummer hat er sich gegen seinen jüngeren Sohn Faramir gewandt. Daß

Faramir Frodo Beutlin erlaubte, den Einen Ring nach Mordor zu bringen, und nicht nach Gondor, um ihn im Krieg gegen Sauron als Waffe zu benutzen, kann sein Vater ihm nicht verzeihen. Doch den Sohn damit zu beauftragen, die Stadt Osgiliath gegen eine überwältigenden Übermacht zurückzuerobern, ist gewiß eine Torheit, die mit Sicherheit zu Faramirs Tod führt.

## DIE GRABSTÄTTEN DER STATTHALTER

*„Die Häuser der Toten sind kein Aufenthalt für die Lebenden."*

Bei den Grüften, auf dem stillen Felsrücken zwischen dem Berg und der Zitadelle befindet sich eine große gewölbte Kammer, in der sich kein Atemhauch regt. Im Inneren säumen Reihen von Tischen, aus Marmor gehauen und in Schatten gehüllt, diese düstere Halle, und auf jedem Sarkophag liegt eine schlafende Gestalt, die Hände auf der Brust gefaltet. Das sind die Grabstätten der Statthalter, und ihre sterblichen Überreste ruhen wie graue Gespenster in verfallender Pracht. Es ist ein Ort tiefer Verehrung, denn die Menschen von Gondor scheinen den Toten inzwischen mehr Verehrung zu erweisen als den Lebenden.

# OSGILIATH

*„Kein Heer Saurons hat je den Anduin überquert, nicht so lange die Männer von Gondor dort gewacht haben."*

Auf beiden Ufern des Anduin stehen die Ruinen einer einst mächtigen Stadt, verbunden durch eine alte Steinbrücke, die den Großen Fluß überspannt. Beim Volk von Gondor hieß sie Osgiliath, und von den Elben wurde sie „die Zitadelle der Sterne" genannt; sie war in alten Zeiten die Hauptstadt des Königreichs Gondor.

Im Verlauf der Jahrhunderte, nachdem die Verwüstungen der Kriege und Seuchen von der Bevölkerung ihren Tribut gefordert hatten, zog sich das Volk von Gondor allmählich aus Osgiliath zurück und gab die Stadt den Kräften von Alter und Zeit preis, bis von ihrer Großartigkeit und Anmut wenig übrigblieb. Türme waren zusammengebrochen, Statuen umgestürzt, Unkraut wucherte

durch die Pflastersteine der Straßen. Nun, da ein neuer und schrecklicher Konflikt das Dritte Zeitalter der Menschen überschattet, ist die Stadt vollständig zerfallen und hat sich in einen Ort absoluter Trostlosigkeit verwandelt, und ihr westlicher Teil ist Grenzgebiet des Krieges geworden.

Das östliche Osgiliath ist den Streitkräften Mordors in die Hände gefallen: Orks und Wargs und andere mörderische Kreaturen durchstreifen die Ruinen. Aber im westlichen Teil patrouillieren Waldläufer aus Ithilien, Männer aus Gondor, unter dem Kommando von Faramir, dem Sohn Denethors von Minas Tirith. Wenn der Feind diese allerletzte Verteidigung überwältigen kann, ist Gondor Saurons Heer ausgeliefert, und die große Stadt Minas Tirith bleibt den Menschen als einzige Hoffnung, ehe der Schatten über alle Freien Völker Mittelerdes fällt.

# DIE WIEDERKEHR DES KÖNIGS

*„Gondor hat keinen König ...“*

Die Statthalter und das Volk von Gondor glauben nicht mehr daran, daß ein König kommen werde. Und doch gibt es einen Sproß des königlichen Hauses, der dem alten Volk des Nordens, den Dúnedain, angehört. Als Zeichen seines Erbes trägt er den Ring von Barahir, ein Erbstück des Hauses von Beren, dem Einhänder. Die Hobbits lernten ihn als Streicher kennen. In Wahrheit ist er Aragorn, Sohn von Arathorn, Erbe Isildurs von Gondor.

*„Sauron wird das Schwert Elendils nicht vergessen haben … Die Klinge, die zerbrach, wird nach Minas Tirith zurückkehren.“*

Für Aragorn ist jetzt die Zeit gekommen, sich dem Dunklen Herrscher zu offenbaren, und zwar durch den Palantír vom Orthanc, den sehenden Stein, den Gandalf trägt. Denn zu erfahren, daß Isildurs Erbe lebt, wird ihm einen empfindlichen Schlag versetzen und sein Großes Augen vom Ringträger auf seinem gefahrvollen Weg zum Berg des Feuers ablenken.

Auf seinem langen Rückweg mußte Aragorn viele Kämpfe überstehen, und die schwersten stehen ihm noch bevor. Als die Schatten tiefer werden und die Not am größten ist, wird man ihm das zweite Zeichen seiner Königswürde übergeben.

## DAS NEUGESCHMIEDETE SCHWERT

Aus den Bruchstücken von Isildurs altem Schwert Narsil ist ein neues Schwert geschmiedet worden – Andúril, Flamme des Westens. Die Elbenschmiede haben es geschaffen, und es trägt sieben Sterne, eine Sonne und eine Mondsichel, und in seine Klinge sind Runen eingraviert.

## DER PALANTÍR

Doch statt dessen beschert ihm Sauron eine furchtbare Vision von seiner Geliebten: bleich und leblos, ihrer elbischen Unsterblichkeit beraubt. Der Abendstern, das glitzernde Juwel, das Arwen Aragorn als Zeichen ihrer Liebe gab, zersplittert. Weit entfernt in Mittelerde ist die Wirkung dieser Hexerei zu spüren: Die Macht des Abendsterns ist gebrochen. Aber ein Leben in Mittelerde auf sich zu nehmen und als Sterbliche mit ihrem Liebsten zu leben war die Entscheidung, die Arwen bereits getroffen hatte. Selbst Saurons Bösartigkeit konnte ihre Liebe nicht zerstören.

# DIE PFADE DER TOTEN

*„Jeder Pfad, den du je beschrittest, durch Wildnis und Kampfgetümmel, führte zu dieser Straße. Das ist deine Prüfung, Aragorn ..."*

Im Zweiten Zeitalter Mittelerdes schworen die Menschen der Berge dem letzten König von Gondor am Schwarzen Stein von Erech einen Eid, daß sie ihm zu Hilfe kommen und gegen den Dunklen Herrscher kämpfen würden. Doch als er ihrer Hilfe am dringendsten bedurfte, flohen sie in den Geisterberg, den Dwimorberg. Und darum verfluchte Isildur sie: Nie sollten sie in Frieden leben, bis sie ihr Versprechen eingelöst hätten. Jetzt mußte sie Aragorn an ihren Eid erinnern, den Freien Völkern von Mittelerde in ihrem schrecklichen Kampf gegen den Schatten beizustehen.

*„Die Toten folgen uns … Gestalten von Menschen und Pferden sehe ich und bleiche Fahnen, wie Wolkenfetzen im Wind, und Speere wie einen Winterwald in einer nebligen Nacht.“*

Auf der Straße zum Dimholt herrscht unheilvolle Stille: An diesem verwunschenen Ort rührt sich nichts, weder Wind noch Vogel. Am Fuß des Berges gähnt eine dunkle Tür wie das Maul der Nacht. Zeichen sind über ihrem weiten Bogen eingegraben, und Furcht geht wie ein grauer Dunst von ihr aus. Keine lebende Seele, die durch diese Tür geschritten ist, kehrte je lebend zurück. Aragorn, Gimli und Legolas treten ein. Graue, knochige Hände greifen aus der frösteligen Dunkelheit nach ihnen. Nebel wirbeln, Stimmen klagen. Überall ringsum sind die Toten: ihr König und seine gespenstischen Krieger. Als sie sich zum Angriff bereit machen, zieht Aragorn das neugeschmiedete Schwert, verlangt aufs neue Bündnistreue von ihnen und verspricht ihnen, als Lohn werde er sie von ihrem lebenden Tod erlösen. Sie hören ihm zu, und sie folgen ihm …

# SAURON

Die Geschichte des Dunklen Herrschers hat lange, tiefe Wurzeln. Er trat in die Welt als ein Maia (wie in einem späteren Zeitalter die Istari-Zauberer Saruman und Gandalf), unter der Führung der Valar, jener reinsten Geister, und es war seine Aufgabe, das Gute der Welt zu hegen. Aber Sauron geriet unter den Einfluß von Morgoth, einem Vala, der die Freunde verraten hatte, sich dem Bösen zuwandte und nach Herrschaft strebte. So wurde Sauron dazu verführt, sein Bundesgenosse zu werden. Als Morgoths Diener lernte er viel über das Böse und die Macht, und nach der Großen Schlacht, mit der das Erste Zeitalter endete, in der Morgoth von den Valar gestürzt wurde, floh er nach Mittelerde und begann dort sein Schreckensregiment.

Er ließ sich in dem öden Reich Mordor nieder, das östlich des Anduin lag, und von Gondor, dem nächstgelegenen Königreich der Menschen, durch die Schattenberge getrennt war. Dort begann er mit dem Bau eines gewaltigen Turms, von dem er seinen Herrschaftsbereich und die Welt jenseits davon überschauen konnte, die er zu umgarnen gedachte. In den folgenden Jahrhunderten machte er sich daran, die Völker der Elben und Menschen zu verderben, und entwarf einen Plan, durch den er alle Freien Völker Mittelerdes in seine Gewalt bringen konnte. Zuerst arbeitete er mit den Elbenschmieden, um die Ringe der Macht zu schaffen: neun für die Könige der Menschen, sieben für die Zwerge und drei für die Elben. Aber einige Zeit später schmiedete er im Herzen von Orodruin, dem Berg des Feuers, heimtückisch für sich selbst einen Herrscherring und zauberte einen großen Teil seiner magischen Kraft hinein. Aber die Elben entgingen seiner Falle, und es zeigte sich, daß der Ring auf die Zwerge kaum Wirkung hatte. Die Menschen jedoch erwiesen sich als anfällig und verfielen rasch seinem Einfluß.

Sauron nutzte die Kraft des Einen Rings und, vollendete seinen großen Turm von Barad-dûr. Er versammelte seine Streitkräfte um sich. Als seine Heimtücke offenbar wurde, war der Krieg unvermeidlich. Die Elben griffen zu den Waffen und warfen ihn nieder. Aber erst in der großen Schlacht von Dagorlad, mit der das Zweite Zeit-

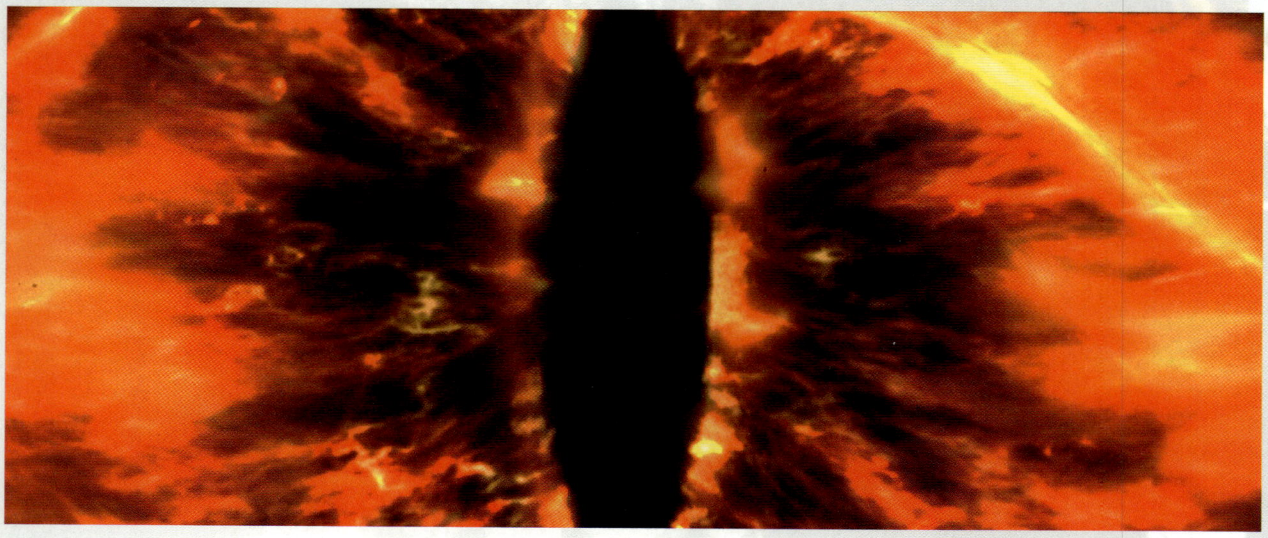

alter Mittelerdes endete, wurde er vollständig besiegt, als Isildur, Sohn des gefallenen Königs Elendil, den Einen Ring von Saurons Hand schnitt. Sauron, auf die Gestalt eines feurigen Geistes reduziert und mit einem großen, immer spähenden lidlosen Auge ausgestattet, zog sich zurück und machte sich daran, seine Streitkräfte wieder aufzubauen, eine Aufgabe, die sich als weit schwieriger erwies, weil er den Einen Ring nicht mehr besaß, den selbst sein spähendes Auge nicht entdecken konnte, bis ein Hobbit namens Bilbo Beutlin nach einer Begegnung mit der Kreatur Gollum in seinen Besitz gelangte.

Aber im Dritten Zeitalter, als seine Knechte kreuz und quer durch Mittelerde streiften, erfuhr er, der Ring befinde sich in einer kleinen ländlichen Provinz, Auenland genannt. Dorthin sandte er seine Schwarzen Reiter, die neun Nazgûl auf schnellen schwarzen Pferden, und das Opfer wurde aufgescheucht. Viele Male standen seine Knechte knapp davor, den Einen Ring wiederzuerlangen, und jetzt ist der Ring unterwegs zu ihm, über die Grenzen seines Schattenreiches: Er spürt seine Anwesenheit, und der Ring antwortet. Dieser reist mit zwei Hobbits, und ihr Führer ist der schleichende Spion Gollum, der einst aus den Kerkern des Dunklen Turms entwich und deshalb den Heimweg gut kennen muß. Worauf dürfen sie wohl hoffen, angesichts der Übermacht, die sie erwartet? Viele Tausend Orks, Uruk-hai, Trolle, Haradrim, Ostlinge, Mûmakil, grausame Untiere und die neun Reiter hat er als Heer um sich versammelt: Mordor zusammen mit dem kostbarsten Besitztum des Dunklen Herrschers zu betreten heißt doch, ihm direkt in die Arme zu laufen, und bringt die Zerstörung der freien Welt.

# BARAD-DÛR

*„Türme und Bollwerke, hoch wie Hügel …“*

Nachdem er den Einen Ring geschmiedet hatte, benutzte Sauron die Macht, die er ihm eingepflanzt hatte, um die größte Festung in Mittelerde zu schaffen, und er nannte sie Barad-dûr, Dunkler Turm. Hier am südlichen Ende des Aschengebirges, inmitten der vulkanischen Ebene Gorgoroth im öden Land Mordor, wollte er hausen und seine tückischen Pläne, die Herrschaft zu gewinnen, weiterverfolgen. Grimmige Runen und böse Zeichen, die von der Hexerei zeugten, mit der sie geschaffen waren, bedeckten die hochaufragenden schwarzen Mauern. Es ist ein Ort unerhörten Entsetzens.



Von den Folterkammern in den Verliesen, in denen Folterbänke und Räder von grausamen Orks bedient werden, den feurigen Waffenschmieden, den lichtlosen Kerkern und ausgedehnten Höfen, bis hin zu den ausladenden Eisenkronen auf dem Scheitelpunkt, steigt Barad-dûr Tausende Fuß hoch in grimmige Himmel auf, so massig und abschreckend wie ein Berggipfel. Und zwischen den spitzen eisernen Zinnen oben auf dem Turm schimmert das Große Auge, ständig nach dem Ring suchend und nach dem, der ihn trägt.

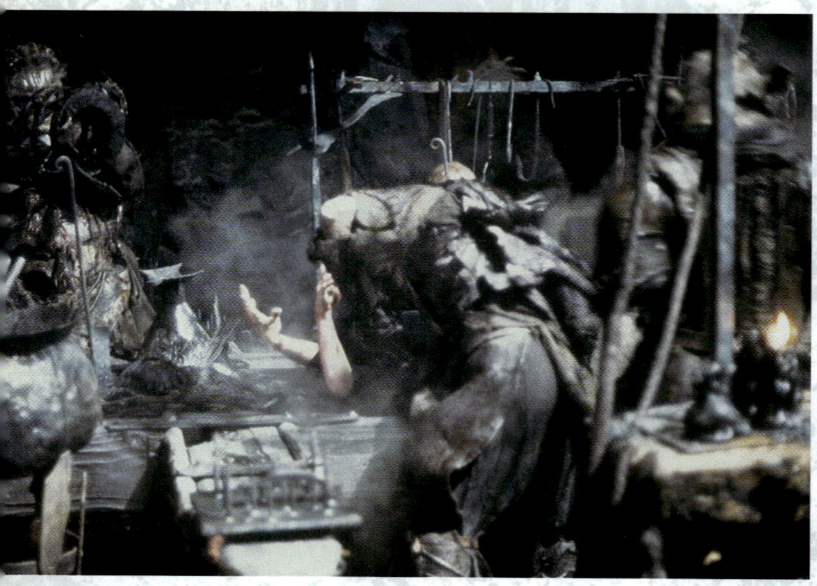

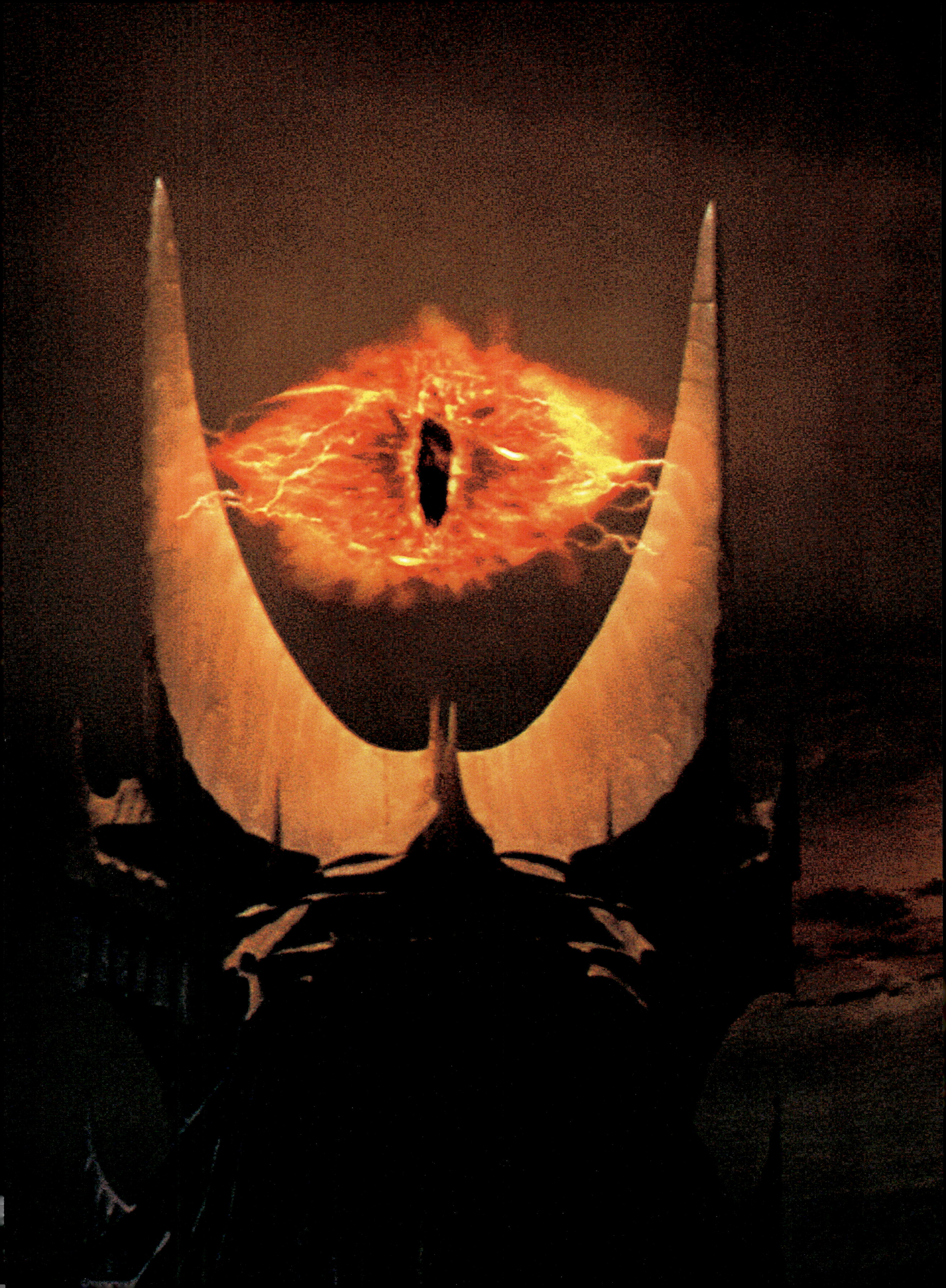

# NAZGÛL

*„Einst gab es hier die Könige der Menschen …"*

Im Zweiten Zeitalter umgarnte Sauron neun Könige, stolze Herrscher der Menschen von Mittelerde, indem er jedem von ihnen einen Ring der Macht gab und ihnen ein langes Leben und unendliche Macht verhieß. Und so fielen sie, da sie willensschwache Menschen waren, seiner Zauberei zum Opfer und wurden zugrunde gerichtet, so daß ihre Sterblichkeit schwand und sie Geister wurden, dazu bestimmt, als untote Geschöpfe in der Welt zu leben, stets ihrem Meister zu Diensten.

Sie tragen fließende schwarze Gewänder, verrostete Rüstungen und lange Schwerter. Wo ihre Gesichter sein sollten, ist nichts als Dunkelheit. Aber ihre wirkliche Gestalt, die nur jemand sehen kann, der den Ring trägt, ist gespenstisch und wahrlich furchteinflößend. Sie sind sich windende, gequälte Wesen, in graue und weiße Lumpen gehüllt, und ihre Mienen sind von der Gier und dem Gram über ihren Zustand verzerrt; ihre Kronen sind ein Hohn auf die Ehre und Herrschaft, die sie verloren haben.

Die neun sind auch als die Ringgeister und als die Schwarzen Reiter bekannt, wenn sie auf großen schwarzen Reittieren kreuz und quer das Auenland durchkämmten und nach einem gewissen Beutlin forschten, von dem das Gerücht ging, er hätte den Herrscherring in seinem Besitz. Als Frodo, dem sein Onkel Bilbo den Ring vermacht hatte, und seine Gefährten von Bree nach Bruchtal wanderten, stießen sie auf der Wetterspitze auf die Ringgeister, wobei Frodo von einer verhexten Morgul-Klinge durchbohrt wurde und eine schreckliche Wunde davontrug, die ihm bis ans Ende seiner Tage zu schaffen machte.

Sie hausen in Minas Morgul, wo ihre gellenden Schreie durch die Nacht dringen und alle, die sie vernehmen, mit eiskalter Furcht erfüllen. Von allen Knechten Saurons sind sie die schrecklichsten,

denn niemand kann sie töten; obwohl sie, vielleicht weil sich noch eine Spur ihres einst sterblichen Wesens erhalten hat, das Feuer fürchten.

## GRAUSAME UNTIERE

Da sie in den Fluten des Bruinen unterhalb Bruchtal ihre Pferde eingebüßt haben, bedienen sich die neun Reiter jetzt einer Art von Reittieren, die bei weitem furchteinflößender sind. Als Sam, Frodo und Gollum die Totensümpfe durchqueren, schwebt ein riesiger geflügelter Schatten über ihren Köpfen und gleitet lautlos über den weiten Sumpf. Dieser neue Schrecken ist eine grausame Kreatur aus Mordor – riesig, schwarz, nackt, mit gewaltigen lederartigen Flügeln, zwischen seine weitgespreizten, knochigen Finger ausgespannt wie die Flügel einer ungeheuren Fledermaus.

Es ist eine Kreatur aus einer älteren Welt, eine von denen, die in kalten Horsten im Gebirge ausgebrütet und vom Dunklen Herrscher gehegt und mit abscheulicher Nahrung gefüttert und aufgezogen werden, bis sie größer geworden sind als alles andere, was fliegt.

Auf einer solchen Kreatur sitzend können sich die Nazgûl mit großer Geschwindigkeit fortbewegen und jeden Winkel von Saurons Reich ausspähen. Nichts bleibt ihnen verborgen ...

# DER HEXENKÖNIG VON ANGMAR

*„Die meisten seiner Anführer fielen ...“*

Der Herr der Ringgeister und der mächtigste Diener des Dunklen Herrschers ist der Hexenkönig von Angmar. Er ist größer als die anderen Nazgûl, ganz in Zobel gekleidet und trägt eine silberne Krone, die ein gefährliches, flackerndes Licht aussendet.

Von ihm weiß man nur, daß er einmal ein König und Zauberer war, aber von Sauron umgarnt wurde, als er den größten der neun Ringe von ihm empfing. Nach Saurons Fall in der Schlacht von Dagorlad am Ende des Zweiten Zeitalters floh er in die Schatten und von dort in die Länder zwischen den Ettenöden und der Nördlichen Öde, wo er das Reich von Angmar gründete und als Hexenkönig von Angmar bekannt wurde.

In späteren Zeiten übernahm er mit den übrigen neun Reitern die Herrschaft über Minas Ithil und gab ihm den neuen Namen Minas Morgul, Turm der Schwarzen Magie, und dort blieb er, bis sein Meister ihn rief, der im Dritten Zeitalter einen Teil seiner früheren Macht zurückgewonnen hatte. Ausgesandt, um den Einen Ring von dem Hobbit Beutlin zurückzuholen, schlug er Frodo auf der Wetterspitze nieder und fügte ihm mit seinem Hexenschwert eine schreckliche Wunde zu.

*„Sein eigenes Volk zittert vor ihm, und sie würden sich gegenseitig erschlagen, wenn er es wünschte ...“*

Der Hexenkönig, mit einer schwarzen Rüstung, einem schwarzen Helm, mit Schwert und Dreschflegel bewaffnet, führte das gewaltige Heer auf Geheiß seines Meisters aus den Toren von Minas Morgul über die Brücke und nach Westen, um Gondor zu bekriegen und die schöne Stadt Minas Tirith zu belagern, wo sich aller Wahrscheinlichkeit nach und allen Prophezeiungen zum Trotz sein Schicksal erfüllen wird.

# HARADRIM

*„Sehr grausame, schlechte Menschen ... Fast so schlimm wie Orks ...“*

Aus dem Süden kommt ein wildes Volk, Bewohner des Reiches Harad. Seit Jahrtausenden haben diese Menschen Gondor bekriegt und stellen, sogar nachdem sie besiegt waren, eine Bedrohung an den Grenzen des Königreichs dar. Sie waren großgewachsene, dunkelhäutige, grausame und furchteinflößende Krieger, vor allem wenn sie mit ihren tückischen scharfen Speeren bewaffnet waren.

# MÛMAKIL

*„Grau wie die Maus,*
*Groß wie ein Haus ...“*

Ihr größer Vorteil in der Schlacht ist der Einsatz von Mûmakil (Singular: Mûmak) – bei den Hobbits auch als Olifanten bekannt –, die große Schlachttürme, bemannt mit Bogenschützen, mitten ins Schlachtgetümmel tragen, mit ihren klobigen Füßen ihre Feinde zertrampeln, Männer und Pferde gleichermaßen, und deren spitze Stoßzähne gefährlich ausschwingen und alles aufspießen, was sich ihnen entgegenstellt.

In der Schlacht auf dem Pelennor, auf der Ebene außerhalb von Minas Tirith, werden diese grimmigen Krieger und ihre kämpfenden Mûmakil tödliche Gegner sein, denen sich die Soldaten Gondors und die Reiter von Rohan gegenübersehen.

# KRIEGSMASCHINEN

Die Streitkräfte, die Sauron zusammengezogen hat und die Gondor angreifen werden, sind riesig und entsetzlich: endlose Heerscharen von Orks und Uruk-hai, Trollen und namenlosen Ungeheuern; eine Armee von Haradrim, mit ihren klobigen Kampf-Mûmakil, ausgestattet mit großen Schlachttürmen, die mit Bogenschützen bemannt sind – und über allen kreisen und schweben die neun Reiter auf ihren scheußlichen, grausamen Untieren. Dieses Heer läßt das Blut der überlebenden Männer Gondors gefrieren, die jetzt im Innern der mächtigen Festung von Minas Tirith versammelt sind.

Die Stadt sei, heißt es, unbesiegbar, doch das glaubte man auch von der alten Festung Helms Klamm, die dennoch von Sarumans Uruk-hai-Armee mit ihren Belagerungstürmen und Leitern und ihrem großen Rammbock, der Helms Tor zertrümmerte, überwunden wurde.

Wären Gandalf der Weiße und die Rohirrim nicht gekommen, Helms Klamm wäre gewiß gefallen und die Flüchtlinge in den Glitzernden Grotten unter ihren Fundamenten hingemetzelt worden.

Saurons Streitkräfte bringen ihre eigenen Kriegsmaschinen auf dieses neue Schlachtfeld, aber diese sind bei weitem größer – an Umfang

und Wirkung – als jene, die in Sarumans Werkstätten in Isengard angefertigt wurden.

Aus den riesigen Gruben unter Barad-dûr, seinen Schmelzöfen und Gießereien und aus den Schmieden von Ost-Osgiliath werden neue Schrecken hervorkommen: Belagerungstürme von riesenhafter Größe, von gepanzerten Berg-Trollen geschleppt und mit Scharen von Orks bemannt, in denen die Angreifer sicheren Schutz genießen, während die Türme zu den Mauern der Stadt hinaufgerollt werden; von massiven Katapulten können Pech und Feuerbrände und Steine geschleudert werden.

Und zuletzt kommt eine gewaltige Ramme, die größer ist als jene, die Helms Tor zertrümmerte, denn das Tor von Gondor ist erheblich stärker, aus Stahl und Eisen geschmiedet und mit Türmen und Bastionen aus Stein bewehrt. Doch es ist der schwächste Punkt in der Verteidigung der Stadt. Grond wird diese große Ramme genannt, nach dem Streitkolben Morgoths, und sie ist in langer Arbeit in Mordor angefertigt worden. Mit mehr als dreißig Metern Länge mißt sie so viel wie ein großer Baum und schwingt auf gewaltigen Eisenketten. Die Spitze aus schwarzem Stahl hat die Form einer Wolfsschnauze, und aus ihren Augen schießt Feuer. Vier große Untiere ziehen sie, stierköpfig und massig – ein Anblick schieren Terrors, wie man ihn in Mittelerde noch nie erlebt hat. Berg-Trolle bedienen sie, Orks verteidigen sie, und der Hexenkönig von Angmar gibt die Befehle für ihren Einsatz.

# HOBBITS ALS HELDEN

*„Die Sterne sind verhüllt … ein Sturm zieht herauf."*

Eine große Wolke lastet über dem ganzen Land zwischen Rohan und dem Schattengebirge, und sie wird dunkler. Der Krieg hat bereits begonnen. In solchen bitteren Zeiten müssen alle ihre Aufgaben erfüllen, sogar ein so kleines Volk wie die Hobbits. Nun sind Meriadoc Brandybock und Peregrin Tuk an der Reihe – Merry und Pippin – und müssen beweisen, was sie wirklich wert sind. Zum erstenmal in ihrem Leben müssen sie verschiedene Pfade einschlagen und neuen Meistern folgen, denn Gandalf hat Pippin zu seinem eigenen Schutz nach Minas Tirith geführt, nachdem der junge Hobbit einen heimlichen Blick in den sehenden Stein von Orthanc geworfen und dadurch die Aufmerksamkeit des Großen Auges auf sich gezogen hat.

Mit seinen nur neunundzwanzig Jahren – nach der Auenland-Rechnung immer noch vier Jahre vor der Volljährigkeit – ist Pippin der jüngste der vier Gefährten, die von Hobbingen aufbrachen. In Minas Tirith wird er Denethor vorgestellt. Als Dank für Boromirs Opfer bietet Pippin Denethor seine Dienste an und erhält, wie es sich gehört, die Uniform der Turmwache, eine wirklich große Ehre.

Ganz in Schwarz und Silber gekleidet trägt er ein Kettenhemd aus geschmiedetem Stahl und einen hohen Silberhelm mit kleinen Rabenschwingen auf jeder Seite, verziert mit einem silbernen Stern in der Mitte des Reifes. Über dem Kettenhemd trägt er einen kurzen schwarzen Wappenrock, mit einer silbernen Stickerei des Weißen Baums von Gondor geschmückt. Es ist die Uniform, die Faramir, Boromirs Bruder, trug, als er ein Kind war. Mögen Pippins Herz und sein Wille vielleicht ebenso stark sein wie die eines erwachsenen Mannes, wird er dennoch irrtümlich als Kind angesehen, wenn er durch die Straßen von Gondors großer Stadt geht. Aber seine erste Aufgabe in der neuen Uniform – wenngleich ihn sein neuer Herr nicht damit betraut hatte – bestand darin, die Leuchtfeuer auf dem Gipfel des Mindolluin zu entzünden und so Hilfe herbeizurufen; denn als Antwort kann man über den Weißen Bergen die Lichter der anschließenden Leuchtfeuer bis nach Edoras sehen.

*„Hier gelobe ich dem Reiche Gondor Lehenstreue und Dienstbarkeit, im Frieden wie im Krieg, im Leben wie im Sterben, von dieser Stunde an, bis mein Herr mich aus meiner Pflicht entläßt oder der Tod mich hinrafft."*

Während sich Merry unter den Pferdeherren der Riddermark befindet, wird das Licht der Leuchtfeuer erspäht, und der König ruft alle Männer zum Appell nach Dunharg für den langen Ritt nach Minas Tirith. Merry bietet dem König Théoden seine Dienste an, und König Théoden ernennt Merry zum Schildknappen von Rohan. Und so wird er wie Pippin mit der Kriegsausrüstung seines neuen Herrn ausstaffiert, der fein gearbeiteten Lederrüstung der Rohirrim, einem Helm und einem Umhang.



*„Er weiß nicht, warum er so darauf erpicht gewesen war, mitzureiten, doch wüßte er es, er würde dennoch weiterreiten."*

Aber in Dunharg erwartet ihn eine herbe Enttäuschung: der König entläßt ihn aus seinem Dienst und will ihn nicht mitnehmen, weil drei Tage harten Reitens vor ihnen liegen und die Pferde der Rohirrim zu groß und zu kraftvoll sind, als daß ein kleiner Hobbit mit ihnen fertig werden könnte. Er würde bloß eine Last sein.

In sein Schicksal ergeben wendet Merry sich ab, als ihn plötzlich ein unbekannter Reiter ergreift und ihn mit sich in den Krieg reißt.

# DIE BELAGERUNG GONDORS

*„Mut ist nun die beste Verteidigung gegen den aufziehenden Sturm."*

Vor den Mauern von Minas Tirith, Gondors größter Stadt, versammeln sich Tausende und Abertausende von Ork-Heeren mit ihren Kriegsmaschinen, mit brennenden Fackeln bewehrt, von unstillbarem Haß erfüllt. Über ihnen schweben die Nazgûl und erfüllen die eigenen Truppen ebenso mit Furcht wie die Verteidiger. Die Armee der Dunkelheit übertrifft die Zahl der Soldaten in der Festung bei weitem; und da sich die große Korsarenflotte von Süden aus der feindlichen Stadt Umbar nähert und der Ringträger verschollen ist, sieht die Zukunft der Freien Völker Mittelerdes düster aus.



Jetzt aber leitet Gandalf der Weiße die Verteidigung von Minas Tirith. Und er ist unbezähmbar. Er befiehlt den Verteidigern, ihre massigen Katapulte auf die plündernden Orks abzufeuern und riesige Felsbrocken auf sie herabregnen zu lassen. Die Katapulte der Orks schießen zurück, aber mit einer neuen Wildheit: Anstelle des üblichen flammenden Schotters schleudern sie die just abgeschlagenen Köpfe der Soldaten über die Mauern, die vor kurzem unter Führung Faramirs um die Befreiung Osgiliaths von den Mächten der Finsternis kämpften, und in jeden Kopf ist das widerliche Zeichen des Lidlosen Auges eingebrannt. Offensichtlich sind sie überwältigt und hingemetzelt worden, und großer Kummer erfüllt die Herzen der Verteidiger von Minas Tirith. Mit seinen Belagerungstürmen dringt Saurons Heer auf die unteren Stufen von Minas Tirith vor. Mit brennendem Pech legen sie Feuer an das alte Gemäuer. Aber das Entsetzen ist ein weit schlimmerer Feind als das Feuer.

Voller Verzweiflung und Zorn schießen gondorianische Bogenschützen von allen sieben Stufen der Brustwehren ihre Pfeile auf den Feind ab, und die Ork-Schützen erwidern das Feuer. An die Mauern der Stadt wird ein Belagerungsturm herangerollt, und ein Sturmbock rammt gegen das Tor, doch ohne Erfolg. Das heißt, bis zwanzig Berg-Trolle und vier große stierköpfige Ungeheuer die riesige fahrbare Ramme Grond heranschleppen.

Dem Angriff einer solchen Maschine konnte nichts widerstehen: Sogar das Stahl-und-Eisen-Tor

von Minas Tirith ist dem gehärteten Stahl und der schwarzen Magie ihres bösartigen Wolfmauls nicht gewachsen. Die Maschine zerschmettert das Große Tor von Gondor, und Orks strömen in den Ersten Kreis der Stadt, dringen durch den Torbogen, den kein Feind je durchschritten hat.

Gandalf führt einen Gegenangriff mit Gondor-Soldaten an, und es kommt zum Kampf Mann gegen Mann. Ringsum stehen alle Gebäude in Flammen. Ungehemmt wütet das Feuer auf der ersten Stufe, greift auf die zweite über und bald auch auf die dritte.

Als der Herr der Nazgûl, der Hexenkönig von Angmar, und sein grausames Untier im vierten Kreis der Stadt über Gandalf und Schattenfell auftauchen, scheint alles verloren.

Aber aus der Ferne kommt der schwache Klang von Kriegshörnern. Rohan ist gekommen!

# DIE SCHLACHT AUF DEM PELENNOR

*„Sagt Denethor, daß zu dieser Stunde der König der Mark ins Land Gondor reiten wird, auch wenn er vielleicht nicht zurückreiten wird."*

Der Hörnerklang fegt wie ein Sturm über die Ebene und dröhnt wie ein Donner in den Bergen: Die Rohirrim sind gekommen, um ihrem alten Verbündeten in der dunkelsten Stunde beizustehen. Théoden und Éomer reiten nebeneinander, Onkel und Neffe endlich wieder vereint, bekleidet mit der prächtigen Lederrüstung und den mit Kämmen besetzten Helmen ihrer Völker. Der weiße Pferdeschweif an Éomers Helm flattert im Wind: König Théoden galoppiert auf Schneemähne, und sein Banner ist ein weißes Pferd auf grünem Grund – ein prachtvoller Anblick, der die Herzen der Verteidiger mit Hoffnung erfüllt und den Feind mit Furcht.

Bei der Musterung von Dunharg sind sechstausend Kämpfer zusammengekommen. Und obwohl es weniger Männer sind, als König Théoden erhofft hatte, stellen sie ein kriegerisches und eindrucksvolles Heer, denn die Rohirrim sind hart und verbissen und in der Kriegskunst wohlbewandert; und sie haben gesehen, wie der Schatten mit Feuer und Schwert bereits über ihr eigenes Volk hergefallen ist; sie haben eine Rechnung zu begleichen.

Der Hexenkönig schreit auf, und sein Reittier steigt mit mächtigen Flügelschlägen in den Himmel auf, als die sechstausend Reiter aus Rohan am Horizont auftauchen.

Jetzt beginnt die größte Schlacht des Ringkriegs zwischen den Heeren Saurons – darunter auch Haradrim, Ostlinge, Orks und Mûmakil, angeführt vom Herrn der Nazgûl – und den Streitkräften von Minas Tirith, allen Kämpfern aus den umliegenden Landen, zusammen mit den Männern von Osgiliath und den Reitern von Rohan.

# HELDENTATEN

*„Reitet jetzt, reitet ins Verderben, dem Ende der Welt entgegen!"*

Als die vorderste Reihe der Rohirrim in die Schlacht galoppiert wie eine Sturzwelle, die an die Küste rollt, durchzuckt König Théoden und seine Männer die Kampfeswut ihrer Vorväter. Schlachthörner gellen, Sonnenlicht läßt Helme und Waffen erglänzen. Nichts kann dem ersten Angriff widerstehen. Ein ganzer Kampftrupp von Orks verschwindet unter trampelnden Hufen. Aber nachdem sie die erste Welle der Orks überrannt haben, werden es immer mehr, und dann folgen Haradrim und Mûmakil, die mit Bogenschützen der Haradrim bemannte riesige Schlachttürme tragen. Die schwerfälligen Tiere brüllen, während sie von erbarmungslosen Antreibern in die Schlacht gejagt werden. Sie rumpeln in dieses wogende Meer von Kämpfern, zerquetschen und zertrampeln Reiter und Pferde unter ihren riesigen Füßen, durchbohren die Unglücklichen mit ihren Stoßzähnen, während die Pfeile der Haradrim auf sie herabregnen.

In diesem Augenblick stößt der Herr der Nazgûl nieder, und sein grausames Ungeheuer reißt König Théoden und seinen weißen Hengst Schneemähne mit seinen Klauen nach oben.

So ereilt den tapferen König von Rohan der Tod.

*„Stehe nie zwischen dem Nazgûl und seiner Beute!"*

Da springt ein namenloser Reiter in die Bresche, und mit einem einzigen Hieb seines glänzenden Schwertes köpft er das niederträchtige Ungeheuer, auf dem der Hexenkönig sitzt – eine Tat von außerordentlichem Mut, denn dem Herrn der Nazgûl kann wahrlich keiner widerstehen. Tatsächlich heißt es in alten Prophezeiungen, kein lebender Mann könne ihn töten. Doch der Gegenspieler des Hexenkönigs von Angmar ist mitnichten ein Mann, sondern Éowyn, mutige Schildmagd von Rohan und Nichte des gefallenen Königs Théoden, die verkleidet von Dunharg mitgeritten ist, getrieben von Kampflust und aus Liebe zu Aragorn. Jetzt wollen sie und der Hobbit, den sie den ganzen Weg mit sich reiten ließ, versuchen, König Théodens Tod zu rächen, und sollten sie bei diesem Versuch auch sterben.

# DAS SCHWARZE TOR

Nachdem die Schlacht auf dem Pelennor gewonnen ist – eher von den Toten als von den Lebenden –, müssen Aragorn und seine Verbündeten, um den Ring vernichten zu helfen, den Dunklen Herrscher in seinem eigenen Reich angreifen, um seine Aufmerksamkeit von Sam und Frodo abzulenken, die einsam und verzweifelt ins Land der Schatten unterwegs sind.

Nach dem Gemetzel auf den Pelennor-Feldern ist ihre Zahl gefährlich gering: Sie haben keinerlei Aussicht, gegen die gewaltige Armee zu siegen, die der Dunkle Herrscher Sauron noch immer innerhalb des Schwarzen Tores bereit hält, diesem großen Festungswall quer über den Verhexten Paß nach Mordor am Treffpunkt von Ephel Dúath (Schattengebirge) und Ered Lithui (Aschengebirge).



*„Was brachten sie aus versunkenem Land*
*Über das flutende Meer?*
*Sieben Sterne und sieben Steine*
*Und einen weißen Baum ...“*

In der Rüstung seiner Vorfahren mit dem Weißen Baum Gondors auf der Brust und mit dem neugeschmiedeten Schwert bewaffnet führt Aragorn, früher als Streicher bekannt, die restlichen der neun Gefährten und die Hauptleute des Westens in den fast sicheren Tod ...

## DER WÄCHTER DES TURMS

*„Sein Name wird in keiner Erzählung genannt ...“*

Am Tor lassen sie ihre Forderung zum Einlaß erschallen, die von einem der obersten Diener

Saurons beantwortet wird. Die Erscheinung, die ihnen entgegenreitet, ist der Befehlshaber des Dunklen Turms von Barad-dûr, eine durch Hexerei geschaffene Kreatur, inzwischen zu grausamem und bösartigem Scharfsinn herangereift. Denn sie hat ihrem Meister so lange gedient, daß sie ihren eigenen Namen nicht mehr trägt, sondern nur noch als Saurons Mund bekannt ist. Sie reitet ein riesiges, häßliches schwarzes Pferd mit dem Gesicht einer entsetzlichen Maske mit flammenden Augen, eher einem Totenschädel als einem Kopf ähnlich. Und das Gesicht des Reiters ist kaum hübscher zu nennen.

Schadenfroh und hochmütig teilt Saurons Mund den tapferen Besuchern die falsche Nachricht mit, die Orks von Cirith Ungol hätten den Ringträger ergriffen und in die Folterkammern des Dunkeln Turmes geschafft. Zum Beweis schwenkt er das Mithril-Hemd, das man Frodo abgenommen hätte, und große Verzweiflung packt sie.

Augenblicke später dröhnen Trommeln, und Feuer flackern auf. Das Schwarze Tor von Mordor schwingt auf, und eine ungeheure Armee von Orks marschiert heraus.

*„Es mag ein Tag kommen, da der Mut der Menschen wankt ... eine Stunde der Wölfe bevor das Zeitalter der Menschen hereinbricht – aber nicht heute. Heute kämpfen wir!“*

# GOLLUMS VERRAT

*„Wir hassen sie, häßliche Hobbits ...“*

Auf ihrer langsamen, schmerzvollen und gefährlichen Reise durch die verlassenen Landstriche Mittelerdes, ihrer Queste, um den Einen Ring in den Feuern des Schicksalsberges zu vernichten – dem einzigen Ort der Welt, wo das möglich ist –, werden sie von einem Geschöpf begleitet, das behauptet, sie auf einem sicheren Weg nach Mordor führen zu können.

Gollum, der sich früher Sméagol nannte, eine Kreatur, die einem Hobbit sehr ähnlich ist, hat eine lange und sonderbare Geschichte, denn auch er war gewissermaßen viele Jahre lang ein Ringträger. Nachdem er seinen Vetter Déagol ermordet hatte, um in den Besitz des goldenen Schmuckstücks zu gelangen, das sie beim Fischen gefunden hatten, verfiel er dem bösen Einfluß des Ringes, verließ seine Heimat und suchte Zuflucht vor dem Licht in den Höhlen unter dem Nebelgebirge. Dort verlor er schließlich seinen Schatz an Frodos Onkel, Bilbo Beutlin.



*„Der Herr trägt eine schwere Last ... Sméagol weiß: Sméagol trug diese Last viele Jahre.“*

Sein Wesen ist gespalten: Da ist Sméagol, der sich immer noch verschwommen an die Zeit erinnert, als er nicht Sklave des Ringes und in

der Lage war, Gefühle zu entwickeln, die nicht gänzlich verschroben und verrucht waren; und da ist Gollum, dessen einziger Wunsch es ist, den Ring für sich zurückzugewinnen und die Diebe, die ihn jetzt tragen, tot und verfault zu sehen. Diese beiden Seiten seiner Natur kämpfen um die Vorherrschaft über seine Seele. Soll er die Hobbits, wie versprochen, auf sicheren Wegen nach Mordor geleiten, oder soll er sie in den Untergang führen und sich dann wieder mit seinem Schatz, dem Ring, vereinen?

*„Verrat, Verrat fürchte ich. Verrat dieser erbärmlichen Kreatur!"*

Frodos offensichtliche Hinterlist, Faramir und seinen Waldläufern zu erlauben, Gollum in Ithilien gefangenzunehmen, hat den Ausschlag gegeben: Jetzt ist die Sméagol-Seite von der rasenden Habgier Gollums verdrängt worden. Selbst kann er die beiden Hobbits nicht umbringen, denn der Dicke ist kräftig und trägt ein gedrehtes Elbenseil, das einem die Luft abschnürt und brennt.

Aber wenn er die Tat nicht selbst ausführen kann, kennt er jemanden, der dazu fähig ist.

Darum führt er die Hobbits durch das Morgul-Tal und die Treppe von Cirith Ungol hinauf. Wäre den Hobbits bekannt gewesen, was sie dort erwartet, hätten sie diesen Weg nicht gewählt …

# MINAS MORGUL

*„Dieses verfluchte Tal geriet vor langer Zeit unter den Einfluß des Bösen."*

Minas Ithil – Turm des Mondes – war einst die Festungsstadt von Elendils Sohn Isildur. Sie war in einem Tal des Hochlandes unterhalb des Schattengebirges erbaut, an der Straße, die nach Süden aus dem lieblichen Ithilien hinausführte, und war in ihrer Blütezeit schön und strahlend, und der Mond erleuchtete ihre Innenhöfe mit einem wundersamen silbernen Licht.

Aber zu Anfang des Dritten Zeitalters ging der Turm des Mondes an die Streitkräfte Saurons verloren und wurde zur Behausung der Nazgûl, der neun Ringgeister. Damals wurde der Turm als Minas Morgul bekannt, als Turm der Schwarzen Magie. Nun geht von der Stadt ein leichenähnlicher Schimmer aus: ein fahles, kränkliches, widerliches Grün, und in ihren Mauern und Türmen zeigen die Fenster, wie ungezählte Löcher nach innen gerichtet, Leere und Verfall.

*„Zerstörte Stadt, ja, ja, schlimmer Ort, voller Feinde."*

Aus der toten Stadt führt eine Straße hinaus, über eine Brücke, die mit den Skulpturen von Menschen und Tieren geschmückt ist, die allesamt abstoßend und verderbt aussehen. Unter der Brücke dampft das Wasser abscheulichen, giftigen Qualm aus, und überall auf den Wiesen an beiden Flußufern erglühen leuchtende weiße Blumen von unheimlicher, leichenblasser Schönheit. Es ist ein grausiger, entmutigender Ort, selbst ohne die kreischende Anwesenheit der Nazgûl oder der riesigen Ork-Armee, die den grottenähnlichen Toren entströmt …

# DER PASS VON CIRITH UNGOL

Eine fast senkrechte Treppe ist in den nackten Fels gehauen worden, die vom Tor von Minas Morgul in schwindelerregende Höhen führt, hinauf zum einzigen Paß durch das Schattengebirge. Der Paß wird vom Turm Cirith Ungol bewacht, und der Weg ist gefährlich – nicht nur, weil die Treppe tückisch und der Turm mit bösartigen Orks bemannt ist, sondern wegen des unsichtbaren Schreckens, der Paß und Turm den Namen gibt, unter dem die Hobbits ihn kennen.

Gollum führt die beiden Hobbits Frodo und Sam die Treppe hinauf.

Die Stufen sind ausgetreten und glatt, schmal und von unterschiedlicher Größe. Einige sind bereits zerbrochen oder gehen in die Brüche, wenn man den Fuß daraufsetzt. Sie sind so groß und so steil, daß die Hobbits – kleiner als die Wesen, für die diese Treppe einst geschaffen wurde – sie wie eine endlose Leiter erklimmen müssen, eine Leiter, die sich vom Talgrund bis zu den Nebeln in der Höhe über zweitausend Fuß erstreckt.

Es ist schwer, nicht in die Tiefe zu schauen, schwer, von der frostigen Leere unter ihren

Füßen keine Notiz zu nehmen, die zu einem Fehltritt geradezu einlädt. Aber trotzdem klettert Gollum aufwärts, und ihnen bleibt nichts anderes übrig, als ihm zu folgen.

Auf der Spitze des Felsgrats steht der Turm Cirith Ungol: ein dreigestufter Wachtturm und eine Festung, die nun von Orks aus Barad-dûr und Minas Morgul besetzt sind. Beim Hinaufklettern können die Hobbits in der Spalte zwischen den Bergen den Schattenriß des Turms erkennen, der den Zugang zu Mordor bewacht. Dahinter, weit draußen, auf der Ebene Gorgoroth, liegt Barad-dûr mit der eisernen Krone und dem Lidlosen Auge. Das trübe rote Licht, das sich durch die Spalte erspähen läßt, kommt vom Orodruin – dem Berg des Feuers, dem Schicksalsberg selbst, aus dessen Gipfel vulkanische Flammen hervorbrechen.

Doch der Weg wird nicht nur von Orks bewacht, sondern auch von den Zwei Wächtern: zwei fühlende, unheilverkündende Steinfiguren. Jede Statue trägt drei Geierköpfe, die nach innen, außen und auf den Eingang gerichtet sind, jederzeit bereit, Alarm zu schlagen, wenn ein Eindringling oder Spion vorbeikommen sollte.

# KANKRA

*„Sie soll sich um sie kümmern ... Sie muß essen. Sie bekommt nur erbärmliche Orks. Sie möchte zarteres Fleisch lieber."*

Am oberen Ende der Treppe von Cirith Ungol zieht sich ein Spalt durch den grauen, verwitterten Felsen. Gollum besteht darauf, daß die Tunnel, die in diesem Spalt liegen, der einzige sichere Weg auf die andere Seite des Gebirges seien, denn der Paß sei zu scharf bewacht – von den Zwei Wächtern und der Abteilung von Orks –, um diese Route einzuschlagen. Aus der Öffnung dieser Höhle dringt ein widerlicher Gestank. Drinnen herrscht völlige Dunkelheit.

Sie durchqueren einen nach oben führenden Tunnel, vorbei an Seitenarmen, die sie an diesem lichtlosen Ort eher ahnen denn sehen können. Nichts ist hier, außer einer verhängnisvollen Stille, doch Frodo spürt, daß etwas Böses sie belauert; und die Wände sind seltsam klebrig.



*„Da ist irgendwas in der Nähe, das schlimmer ist als Gollum. Ich kann es spüren, irgendwas sieht uns an."*

sie geführt hat, lauert ein niederträchtiges und uraltes Entsetzen …

*„Seit langem litt sie unter Hunger und lauerte in ihrer Höhle."*

Kankra, die Bewohnerin dieser stinkenden Höhle, hat dort viele tausend Jahre gehaust, Schattennetze gesponnen, um ihre Beute zu fangen, und ahnungslose Reisende verschlungen – ganz gleich ob Elben oder Menschen. Dann fraß sie Tiere, die ihr Lager besser gemieden hätten. Im Laufe dieser ewig langen Zeit ist sie fett geworden, aufgebläht und verbittert. Doch seit die Stadt unten am Paß verfiel und zur Behausung der Nazgûl wurde, hat sich die Zahl ihrer Opfer verkleinert. Jetzt bekommt sie nur noch gelegentlich einen unaufmerksamen Ork zu fressen.

Vor Jahrhunderten stieß Gollum zufällig auf diese entsetzliche Kreatur, als er aus Saurons Folterkammern entfloh. Seitdem ist sie ihm nicht mehr aus dem Kopf gegangen. Jetzt könnte sein Plan gelingen, den Einen Ring zurückzugewinnen, denn Kankra hat kein Verlangen nach Gold oder Macht, sondern nur nach Fleisch. Wenn sie Frodo erst gefangen und dann seinen armseligen Leib verschlungen hat, wird der Ring unbeachtet zu Boden fallen. Und dann wäre Gollum mit seinem Schatz wieder vereint …



Als sie tiefer in die dunklen Tunnel vordringen, vernehmen sie ein gehässiges, zischendes Geräusch; und Gollum flieht. Ein fahles Licht beginnt den Tunnel zu erhellen.

Jetzt enthüllt sich das ganze Ausmaß von Gollums Heimtücke. Denn in der Höhle, in die er

# SAMWEIS GAMDSCHIES TAPFERKEIT

*„Kein wütenderer Kampf ward je in der grausamen Welt der Untiere gesehen ...“*

Samweis Gamdschie ist Gärtner und Sohn eines Gärtners. Vor seiner langen, entbehrungsreichen Reise hatte er das Auenland nie verlassen, geschweige denn ein Schwert geschwungen oder einem Gegner getrotzt. Aber die Liebe und Treue, mit der er an Frodo Beutlin hängt, hat ihn weit fortgeführt von den üppigen Weiden und behaglichen Gasthäusern seiner Heimat.



Sam hätte sich selbst niemals für tapfer oder für eine Art Held gehalten. Er war mit seinem Los immer ganz zufrieden. Er konnte sich nicht einmal dazu durchringen, die hübsche Rosie Kattun um einen Tanz zu bitten. Aber inzwischen hat er bei den Elben von Bruchtal gewohnt, die sagenhaften Gruben von Moria erlebt, Sümpfe und Berge überquert, Olifanten und zerstörte Städte gesehen, gegen Schwarze Reiter und Höhlen-Trolle, Orks und Uruk-hai gekämpft.

Aber bei all diesen Vorfällen blieb ihm kaum eine oder gar keine andere Wahl: Es war die Pflicht Frodo gegenüber, der er blindlings folgte. Selbst als er sich dem widerwärtigsten Ungeheuer, dem er bis jetzt begegnet war, gegenübersieht – ihren vielen knotigen, stählernen Beinen, den gemeinen Augenbüscheln und bösartigen Kinnbacken, dem riesigen, aufgedunsenen Leib und

den giftigen Klauen –, ist das für ihn nicht das Schlimmste. Denn der Zorn, der in ihm aufsteigt, als er sieht, was dieses Ungeheuer seinem geliebten Frodo angetan hat, fegt alle Vernunft beiseite. Nein, die schwerste Prüfung steht seiner außergewöhnlichen Tapferkeit noch bevor.

*„Ich muß noch was erledigen, bevor es vorbei ist. Ich muß da durch ...“*

Als er glaubt, sein Meister sei tot und alles verloren, wäre nichts leichter gewesen, als aufzugeben, sich der Verzweiflung zu überlassen, diesem schrecklichen Ort zu entfliehen und zu versuchen, allein und kummervoll ins Auenland zurückzukehren. Aber das ist die große Aufgabe, und wenn Sam sie nicht ausführt, ist keiner mehr am Leben, der das kann.

Es ist eine mutige Entscheidung, den Ring an sich zu nehmen, und damit rettet Sam die gesamte Queste. Andernfalls hätten die Orks den Ring von Frodos Leib gerissen, ihn zu Sauron gebracht, und über die ganze Welt wäre Schatten gefallen. Er mag irrtümlich an den Tod seines Herrn geglaubt haben – inmitten von Entsetzen und Gemetzel –, der doch bloß vergiftet und gelähmt ist, aber dieser Irrtum und sein Mut haben den Ansturm des Bösen abgewendet.

# UNTER ORKS

Mitten in einem feindlichen Land, umgeben von vielen tausend Orks und unter dem Blick des Lidlosen Auges, das unablässig nach dem Hobbit sucht, der den Einen Ring trägt, stehen Frodo und Sam vor einem Dilemma, als sie aus dem Turm von Cirith Ungol entfliehen und ins Land der Schatten eindringen, denn um Frodos Kleider und Habseligkeiten haben sich die Turmwächter gezankt, ehe sie sich diese aneigneten, und Sam bleibt nur sein Umhang. Aber einige der orkischen Turmwächter sind nur um ein weniges größer als die beiden Hobbits, also müssen Rüstungen und Hosen toter Orks herhalten, wenn sie Mordor betreten wollen, obwohl der stechende Gestank der feindlichen Soldaten sie anekelt und sie davor zurückschrecken, Toten die Kleider zu rauben. Außerdem werden die ungefügen Helme die Hobbit-Gesichter beschirmen, die sehr wenig Ähnlichkeit mit denen der hiesigen Orks haben. Es ist eine sehr wirksame Verkleidung, vielleicht sogar zu wirksam.

Als die Hobbits sich durch die Vorhügel quälen, sehen sie sich plötzlich einer großen Abteilung von Orks gegenüber, werden von deren Aufseher in Reih und Glied gepeitscht und finden sich nach einem qualvollen Gewaltmarsch in der Mitte einer gewaltigen Ork-Armee wieder – Hunderttausende feindlicher Soldaten, die auf der Ebene von Gorgoroth kampieren, bereit, den Überresten der Heere von Gondor und Rohan, die von Aragorn geführt werden, den Garaus zu machen. Trommeln lärmen, und Fackeln brennen in der Nacht. Über den Lagerfeuern werden unaussprechliche Dinge geröstet. Ganz Mittelerde wird bald dieses Bild bieten – verdorben und mißbraucht; es sei denn, Frodos Queste hätte Erfolg.

Orodruin, der Berg des Feuers – der letzte Bestimmungsort für die Zerstörung des Einen Ringes –, ist jetzt am brütenden, aschegeschwängerten Himmel deutlich erkennbar...

# DIE SCHICKSALSKLUFT

*„Kein Schleier ist zwischen mir und dem Feuerrad. Ich sehe es sogar mit meinen wachen Augen."*

Weit draußen auf der Ebene Gorgoroth bricht der riesige Vulkan aus, Orodruin, der Berg des Feuers. Er schleudert große Ströme von Asche und Lava hoch in die Luft und erleuchtet die schweren Wolken, über Mordor hängen, mit einem flackernden, glühenden orangefarbenen Licht.

Je näher Sam und Frodo herankommen, desto greller und höllischer wird die Umgebung: Rote Glut zischt aus Ritzen, überall sind die Felsen zerklüftet und messerscharf, und erstickende Schichten von Asche bedecken das Land; furchteinflößende rote Blitze durchzucken den Himmel.

Bewohnern des Auenlandes, die an die zarten grünen und blauen Farben einer sanften, von Regen gereinigten bäuerlichen Landschaft mit ihren wiegenden Weiden, von Blumen übersäten Wiesen, Mühlteichen und Wäldern gewöhnt sind, muß diese Gegend wie das Ende der Welt schlechthin vorgekommen sein.

Vom Gewicht des Rings immer stärker nieder gedrückt kann Frodo, als sie am Fuß des Berges ankommen, nur noch auf Händen und Füßen kriechen. Tausende Fuß hoch ragt der Vulkan über ihnen auf, dessen Gipfel von einer feurigen Wolke umhüllt ist. Selbst für zwei starke Männer wäre der Aufstieg ein Kraftakt gewesen. Für zwei erschöpfte, Hobbits, die körperlich und seelisch buchstäblich am Ende sind, ist der Aufstieg eine schier unlösbare Aufgabe. Weit oben liegt der Eingang zu den Sammath Naur, die zu den Schicksalsklüften führen – diesem großen, mit Lava gefüllten Abgrund, wo Sauron einst den Einen Ring schmiedete, und nirgendwo sonst kann er und alles Böse, das er einschließt, vernichtet werden. Doch das alles bleibt ihnen verhüllt – wie auch das dritte Wesen, das sich über diese grausame und schwindelerregende Steigung hinaufquält ...

*„Böser Beutlin! Darf nicht diesen Weg gehen. Darf dem Schatz nichts tun.“*

# FRODOS ENTSCHEIDUNG

*„Zerstöre ihn … wirf ihn ins Feuer!“*

Nie hat ein sterbliches Wesen, das im Besitz eines Ringes der Macht war, diesen aus freiem Willen preisgegeben. Sogar die geringeren Ringe haben die Substanz ihrer Träger aufgezehrt, monströse Geisterwesen aus ihnen gemacht, Untote in der Welt, die sie zu beherrschen wünschten, deren Seelen dazu bestimmt sind, dem Dunklen Herrscher zu dienen, der sie mit Lügen verführte und sie dann unterjochte.



Aber der Eine Ring – der Ring, der alle anderen Ringe der Macht beherrscht – hat eine nur ihm eigene Macht des Bösen und enthält einen Großteil von Saurons dunkler Magie. Isildur, der Sohn des Königs Elendil von Gondor, schnitt den Einen Ring von Saurons Hand, als er ihn in der Schlacht besiegte, mit der das Zweite Zeitalter Mittelerdes endete. Aber als er den Schicksalsberg erklomm, um ihn zu vernichten, wozu ihn Herr Elrond von den Elben drängte, verließ ihn sein Wille, und er behielt den Ring zu seinem eigenen Verderben – ein Versagen, das zum Niedergang seines Geschlechts viele hundert Jahre danach zum Ringkrieg führte.

Bilbo Beutlin stellte fest, wie schwierig und schmerzhaft es war, den Ring zu verlieren, und er alterte, sobald er seiner ledig war. Gandalf spürte seine Gegenwart und wagte es nicht – trotz all seiner Macht und Weisheit –, den Einen Ring zu berühren, aus Furcht vor Unlauterkeit, die er vielleicht bei ihm bewirken könnte. Galadriel, die Herrin des Goldenen Waldes, die bereits Nenya besaß, einen der drei für die Elben geschmiedeten Ringe, hatte die Gelegenheit, den Herrscherring in Lothlórien von Frodo zu bekommen, nahm ihn aber nicht an, denn sie wußte, daß er ihr Schreckliches zufügen würde. Boromir verfiel seinem Bann und hätte sich den Ring angeeignet. Sein Bruder Faramir erwies sich als stärker. Aber ihr Vater Denethor ersehnte die Macht, die ihm innewohnt.

Vor allem aber ist es die Kreatur, die einmal Sméagol hieß, welche die verführerische Macht des Einen Ringes am besten kennt. Durch die Nähe zu seinem „Schatz“ böse beeinflußt, ist „Sméagol“ von „Gollum“ verschluckt worden, der alles vergessen hat, was in seinem Wesen jemals an Güte und Sanftheit war: Der Verlust des Ringes hat bei ihm eine solche Qual und Habsucht hervorgerufen, daß er entschlossen ist, ihn um jeden Preis zurückzubekommen.

Frodo muß die Kammern der Sammath Naur betreten und den Einen Ring in die kochende Lava der Schicksalskluft werfen, die tief unten liegt. Wenn er das tut, muß er den riesigen Vorrat an Kräften, die dem Herrscherring innewohnen, fahrenlassen, seine gesamte verführerische Kraft und Macht. Es wird ungeheure Willensstärke erfordern, seine große Queste zu Ende zu führen.

*„Ich habe meine Wahl getroffen …“*

Klett-Cotta
Die Originalausgabe erschien unter dem Titel „The Lord of the Rings. The Return of the King. Visual Companion“ im Verlag HarperCollins, London


Übersetzung: Hans J. Schütz



Fotografien: Pierre Vinet und Chris Coad
Gestaltung: Terence Caven
Satz des deutschen Textes: Offizin Wissenbach, Höchberg bei Würzburg
Printed in Belgium
Gedruckt und gebunden bei Proost NV, Turnhout, Belgien
ISBN 3-608-93506-1

www.hobbitpresse.de